ある大学教授と
癒し犬
チワワのチップ

宇佐美　洋一

元就出版社

ある大学教授と癒し犬チワワのチップ

チップとの出会い

「どんなんだろうね？」

と電車の中で大介が聞いた。この日は、宇賀神大介、その妻の久美子、そして当時大学生であった娘の彩乃の三人で、埼玉の自宅から東京の中目黒にあるチワワ専門店にお目当てのチワワを見に行くことになっていた。今から五年前の春うららかな日であった。大介と久美子の間には、もう一人、当時中学生であった彬人という息子がいるが、この日は学校に行っていて留守にしていた。この頃、ある消費者金融会社が「くぅ～ちゃん」という可愛いチワワをテレビCMに使っており、チワワの人気はうなぎ上りで、値段も高騰していた。そして、娘の彩乃がボーイフレンドの飼っていた黒いチワワを見て、どうしても欲しくて仕方がなくなってしまったのだ。ある日、彩乃はそのチワワを自宅に連れてきた。それを見た大介も、チワワって何て可愛いのだろうと正直思った。というわけで、大介は子供たちも大きくなって手間がかからなくなったし、そろそろ犬を飼ってもよいなと決断した。しかも、人気のチワワだ。

「色は黒で、目の上に昔のお公家さんのような眉毛のあるのって、ちゃんといってあるから、大丈夫だよ。ネットでも写真を確認したし……」

と彩乃は答えた。

中目黒からしばらく歩いた目黒通り沿いに、「わんぱくチワワ」というそのチワワ専門店はあった。店内に入ると、何だかモァーっと暑い。後で店員に聞いたら、チワワは寒さに弱く、店内の室温を摂氏三十度に設定してあるとのことであった。チワワという犬種は、メキシコのチワワ州で生まれたので、寒さに弱いのかなと単純に大介は思った。

「こちらなんですけど」

と年配の女性店員が傍らのケージに手をかざした。ケージの中には、黒い毛玉のようなそれこそ小さな子犬がいた。

「ウワーっ、ちっちゃい!」

とまず彩乃が声を上げた。

「生まれて三ヶ月のオスです。徳島で生まれて、飛行機で運ばれてきたんです。この子は成犬になっても二キロいかないと思いますよ」

と店員が説明した。そこで、始めに子犬を持ち上げて確認させてもらうことにした。まず、一同は皆手を消毒させられた。このことだけでも、この店は信用するに足ると大介は判断した。最初に大介が慎重に両手で子犬を持ち上げた。瞬間、可愛いと大介は思った。なるほど、彩乃のいった通りの外見だ。子犬は怖くてブルブル震えていた。大介は子犬の顔をじっと見つめた。

「整った顔をしているな」

大介は思わずそういった。これなら大きくなっても可愛いままだろう。顔は普通のチワワのように目が飛び出ておらず、どちらかというとポメラニアンに近い。久美子も彩乃も気に入ったようだ。

「よし、これ頂きます」

即座に大介が決断した。こういうときの大介の判断は早い。というか、根が短気なのだ。久美子も彩乃も別に何もいわなかった。

そして、これがチップとの最初の出会いとなった。

子犬は後で引き取りにくることにして、その場で代金の二十五万八千円を支払った。これでも大介は高いと思ったが、店の奥の大きなケージに「プレミアム・チワワ　七十万円」という札のかかっているのに気が付いた。中にいた子犬は、さっき買った子犬よりも少し大きい。

「何がプレミアムなんですか？」

と大介が店員に尋ねた。

「毛の色が変わっているんです」

と店員がいう。なるほど、毛の色が青みがかったグレーである。でも、負け惜しみではないけれど、買った子犬より果たして可愛いかなと大介は疑問に思った。犬の値段の基準とは一体何なのだろうとも思った。

さて、一同は気持ちが高ぶりつつも店を出て、帰りは恵比寿ガーデンプレイスのビアホールで祝杯を挙げた。そして、その帰りの電車の中で、早速子犬の名付けが始まった。

「名前、どうする？　クロじゃ、なんか能がないしなぁ」

と大介が切り出した。

「チップがいいよ。チップ！」

と彩乃がいい張る。

「チップとデールのチップか？　とすると、今度はデールも買わなきゃならないぞ」

と大介が混ぜ返す。かといって、大介に有力な腹案があるわけでもなく、それは久美子も同じで、

「ま、チップでいいか」

と、あっさりチップに決まってしまった。

数日後、彩乃一人でそのチップを引き取りに行き、ケーキ箱のようなボール紙で出来たケースにチップを入れてもらい、家に連れて帰ってきた。もともとチワワは世界で一番小さい犬といわれているが、それの子供だからとても小さい。人の手の平に乗ってしまう。宇賀神家一同が見守る中、事前に用意したケージの中に置いた毛布製のねぐらに、彩乃がチップをそっと入れてあげた。

ところが、どうも様子がおかしい。普通、子犬を家に連れてくると、家の中を動き回り、あっちでチッ、こっちでチッとオシッコをしてしまったりするものだ。しかし、チップはねぐらの中に入ったまま動かず、一向に出てこない。大きな目は虚ろで、人間でいえば、完全に鬱病状態である。夜になっても状況が変わらないので、彩乃がチワワ専門店に電話を入れ、状況を説明した。すると、チワワ専門店ではすぐ連れてきて下さいとのことなので、彩乃が再びケーキ箱風のケースにチップを戻し、電車に飛び乗った。そして夜中に、彩乃がチップを預けて、タクシー代一万円をもらい、しょんぼり帰ってきた。果たして、チップは大丈夫だろうか？　せっかく買ったばかりの可愛い子犬を返さなければならないのか？

そして、また数日経ってチワワ専門店から、もう大丈夫だから取りにきて下さいと電話があった。そこで、再び彩乃が中目黒までチップを引き取りに行き、嬉しそうに帰ってきた。するとどうだ。一体、チワワ専門店でどういう魔法をかけたのか？　チップは宇賀神家の大して広くもない家の中を楽しそうに走り回ったのだ。

かくして、チワワのチップはその日から宇賀神家の家族の一員となった。

動物には「刷り込み現象」というのがある。生まれて初めて見る、動く物を母親と思ってしまうというあれだ。そういうことが関係しているのか、チップは初めの頃彩乃と接触する時間が多かったので、彼女には滅法弱い。今では社会人となった彩乃が仕事から帰ってくると、ソファの上で仰向けにひっくり返ってしまい、甘える。彼女は、

「降参か？　降参か？」

といいながら、チップのお腹を擦ってやる。チップにお乳をあげたであろう本当のママは、果たしてチップに刷り込まれているのであろうか？

チワワ専門店の店員は、チップは二キロいかないだろうと予想したが、ドッグフードを与え過ぎたのか、今では体重は三キロ近くになっている。それでも、大型犬の子犬ぐらいの大きさであり、大人なら片手でヒョイと持ち上げられる。

チップは子供の頃、体毛は薄く短く、尻尾の毛もそこそこ生えている程度であったが、成犬になるにしたがい、体毛は濃く長く、尻尾の毛もフサフサになっていった。そして、普段歩いている姿は異常に見えないのだが、食卓の椅子の上に乗って足をかけ、テーブル

の上に前半身をグーっともたれかけている姿はどうも変だ。何だか体長が長く見えるのである。そのため、宇賀神家ではチップのことを時々「ウナギイヌ」と呼んで笑っている。「ウナギイヌ」とは、故赤塚不二夫の漫画「天才バカボン」に登場する、うなぎと犬とが結婚（?）して生まれたという細長い犬のことだ。

チップが宇賀神家にきて一ヶ月ぐらい経ってからだろうか、チップの血統書なるものが送られてきた。実に詳細で綺麗に記載されている。それを眺めながら、大介がいった。

「チップのパパやママはどんな犬だろうね。兄弟はどうなったのかな?」

だが、このとき大介の心の中では、実はこんな感傷が湧き上がっていたのである。

「チップ、うちによくきてくれたねぇ。もしうちが買わなかったら、おそらくお前は他のどこかのお宅に行ったのだろうね。これも何かの縁だろう。本当に有り難う。これからも宜しくね」

買った金額は二十五万円なにがしであったが、そのときは一億円もらっても譲りたくない。大介は心底そう思った。そして、大介は不思議と縁とか出会いを大切にしている。それは、大介のこれまでの人生が縁とか出会いによって成り立ってきたと考えているからである。友人、恩師、先輩、同僚……、数え上げればきりがない。愛妻である久美子や彩乃、彬人という子供たちに対してさえそう思っている。加えて、チップというかけがえのない可愛い子犬と出会ったのも何かの縁だ。

そして、最近チップは「チップ」と呼ばれることが少なくなってきた。親しみを込めて、「チミ」とか「チミさん」と普段は呼ばれている。実はこのほうがいかにもチップの外見には似合っている。しかし、チップの正式名称はあくまで「チップ」である。

いたずらっ子、チップ

宇賀神大介は犬や猫が大好きである。つい最近も、夜中に仕事から帰ってきた彩乃から真っ白な野良猫が道路のセンターラインのところで死んでいるとの知らせを受けて、大介はすぐ現場に駆けつけた。後続の自動車に轢かれては可哀想だと思ったからである。行ってみると、クルマにはねられたのであろう、口から血を流しているがまだ息があるようだ。外傷は見当たらないが、おそらく内臓破裂を起こしていると思われ、これではとても助かるまい。せめて、クルマに轢かれないで死なせてやりたいと、その猫を抱きかかえて連れてきて、自宅の駐車スペースの片隅にそっと横たえさせた。久美子は気持ち悪いといったが、可哀想だ。

翌朝、大介がそこに行ってみると、少し動いた形跡はあるが、白猫はすでに息絶えていた。その内、連絡した市の業者がきて、その猫の死体をまるで物のようにつまみ、トラックに放り込んだのを見て大介は呆気に取られた。

大介が犬や猫を好きなのには、その生い立ちが関係している。大介は戦後、東京の下町に生まれ育った。大介の父英次は、その頃塗料商をしていた。店は幹線国道に面してあり、自宅の敷地はその近辺では広いほうで、約百坪あったので、店舗兼住宅を除いてもかなり広い庭があった。

その庭には建築廃材などを山積みにした物置があり、そこで野良猫がたびたび子供を産むのであった。子猫たちは廃材の間でチョロチョロしていた。どういうわけか、野良猫とその子供たちは当時まだ小学生であった大介になついており、一緒に遊んでいた。まるで、これも故赤塚不二夫の漫画「おそ松くん」に登場する「チビ太」だ。

そして、大介が今でも思い出すと悲しくなる事件が起きた。大介が母猫とその子供たちと遊んでいるときであった。大介はうっかり廃材に立てかけてあった古い戸板を倒してしまった。そこには一匹の可愛い子猫がいたのである。アっと思ったがもう遅い。子猫は戸板の下敷きになってしまった。死んでしまったかと思い、大介が慌てて戸板を起こしたら、何と子猫は外傷もなく生きていた。一瞬よかったと思ったが、どうも様子がおかしい。その子猫を母猫のところに連れて行ったが、子猫は母猫を識別せず、フラフラと離れて行ってしまう。何度繰り返しても同じであった。さては脳をやられたか。大介は子供ながらそう判断した。もしそうなら、この先、野生で生きてゆくのは難しいだろう。大介は母猫に謝りたい気分になったが、どうしようもない。このときの贖罪意識が、大介の犬猫好きの根底にあるのかもしれない。

大介が小学四年のとき、兄の俊夫がどこからか真っ白いスピッツの子犬をもらってきた。とても可愛いメスの子犬で、リリーと名付けられた。リリーはチップと違って、連れてきてすぐ家の中を元気に走り回った。リリーも野良猫たちとたちまちお友だちになった。リリーのほうが子猫より身体が大きく、子猫の首のところをくわえ、振り回して遊んでいても、母猫は怒る素振りを見せなかった。リリーは成犬になっても大変可愛い犬であった。そのリリーも大介が大学四年のとき、子宮癌でこの世を去った。死骸は火葬にし、世田谷区のペット霊園に葬った。それから長らくお参りには行っていないので、その土地が今どうなっているかさえ知らない。大介はリリーに申しわけない気持ちでいる。

これも、大介が大学三年のときだ。授業の後で、友人二人とクルマで明治神宮外苑に遊びに行った。クルマを置いて、例のいちょう並木をそぞろ歩きしていると、茶色の子犬がヒョコヒョコ近寄ってくるではないか。どうも捨てられたらしい。犬種は分からないが、可愛いので大介が抱きかかえた。しかし、どうしようもない。とりあえず、クルマに乗せて大学に戻ることにした。そこで、思い切って大学食堂のお姉さんに事情を話すと、有り難いことに預かってもよいという。無責任なようだが、大介は助かったと思った。数ヶ月後、その犬が大きくなったという噂は聞いた。

さて、チップに話を戻そう。

チップは本当にいたずらだ。オスだからだろうか？ 宇賀神家にきた頃、畳やソファをほじってしまうし、家具の角や取っ手をかじってしまう。これを直したり買い換えたりするには相当な出費となるので、痕が目立たないようにしたり布などで覆って隠したりして、放ってある。問題なのは、電気器具のコードもかじってしまうことだ。これは危険なので、電気器具を使わないときは、なるべくコンセントからプラグを抜くようにしている。

また、床に落ちていて食べられそうだと思った物は何でも食べてしまう。例えば、鼻をかんで床に捨ててあるティシューなどもそうだ。大体こういうことをやらかすのは、娘の彩乃か息子の彬人らしいのだが。

チップが少し大きくなってから、大介が仕事がら服用している精神安定剤を巡って騒動が起きた。そのときの大介と妻の久美子とのやり取りはこうだ。

「俺の薬が一錠ないんだけど、お前知らないか？ どっか落としたかな？」

気が付くと、チップがまさにその薬をプラスチックの殻を破って食べているではないか。慌てて取り上げたが、もうほとんど食べてしまっている。

「チップ！　大丈夫？　あなたどうすんのよ？」

「大丈夫だよ。そんなに強い薬じゃないし……」

「何を根拠に大丈夫なのよ。身体の大きさの違いを考えてみてよ」

「……」

久美子のいう通り、しばらくしてチップの目は虚ろになり、足がフラつき始めた。そこで夜だったが、急遽かかり付けの動物病院に電話をし、事情を説明した。病院までは、久美子がチップを抱っこし、大介がクルマを飛ばした。病院では、獣医さんが薬品事典で食べた薬の種類を調べた上、チップに改善薬を飲ませ、水分の点滴を施した。家に戻ると、チップをそのまま寝かせたが、翌朝チップは何事もなかったかのように元気になっていた。その後、同様なことがもう一回起きたので、大介は自分の薬の管理に注意するようにしている。

ついでに述べると、チップにとっての災難はこの薬の一件だけではない。最近の話である。キッチンで久美子が枝豆をゆでていて、ゆで上がったので鍋をコンロから降ろそうとしたとき、鍋の取っ手がポキッと折れて、たまたまコンロの下にいたチップに熱湯と枝豆

が降り注いだ。これにも慌てて、大介と久実子は、

「顔は、目は、大丈夫か?」

などといい合いながら、チップを洗面台へ抱えてゆき、久美子が冷水シャワーを、大介が冷蔵庫の氷をチップの身体にぶっかけた。ところが、チップはキョトンとした顔である。そして、また動物病院に電話をして、チップを連れて行った。獣医さんは、

「何ともないようですね。もし水ぶくれなんかが出来るようでしたら、連れてきて下さい」

という。チップの多毛症が幸いしたのだろうか? その後、何ともなかった。

チップの確信犯的いたずらがまだある。チップは大介や久美子が外出して玄関に戻ってくると、揃えた片方のスリッパをくわえて持っていってしまう。それは、そうすると追いかけてくれることを知っているからだ。チップにはそれが嬉しいのだ。そして、スリッパを取ろうとすると、尻尾を振りながらウーと唸っている。その様子がとても可愛い。

時間は戻るが、チップが小さいときは、よく大介の手の甲を噛んで遊んでいた。これがまた痛いのである。大介がソファに寝転がっていると、ソファに上ってきて、大介のあやす手でジャレ遊び、その内、手を噛み出す。大介は痛いので手を丸めて甲を噛ませる。しつこいので、チップを後方へ押しやると、また飛び跳ねてきては噛み出す。ある日、あま

りに痛いので、とうとう大介が怒り出した。

「痛い目にあうために、高い金を払ったんじゃないぞ！」

といって、チップを二回ソファに置いてあるクッションに叩きつけた。チップはへーへーいって舌を出していたが、これも遊びの内と思ったらしい。これを見た久美子が、

「どうしたの？　へーへーいっているじゃない」

と割って入ったが、大介の怒りはしばらく収まらなかった。

こんないたずらチップであるが、チップにも怖いものがある。それは、雷と花火の音、それと電気掃除機の音だ。雷鳴が轟いたり、近所で花火が打ち上げられたりすると、いつもチップはキッチンの隅に隠れてしまい、そこでブルブルと震えている。おそらく、これまで何万年もの間に、雷に打たれた犬、そして死んだ犬は数知れずであろう。チップのDNAにもそうした恐怖の体験が植え付けられているのだろうか？　電気掃除機は吸引力の強い外国製のサイクロン式掃除機を使っているが、この音がガーとまたうるさい。久美子が掃除機の準備をすると、チップは急にソワソワしだして、掃除機をかけると、あちこち逃げ回っている。あるいは、この音が生まれた徳島から乗ってきた飛行機の音に似ているからかもしれない。

ところで、考えてみれば、何もいたずらをするのは犬だけではあるまい。人間だって他

の動物だっていたずらをする。しかも、一部は大人になってからもである。陰気におとなしいよりも、活発でいたずら好きのほうが、人間の子供だって可愛いではないか。

大介を始め宇賀神一家は、実はチップのいたずらに癒されているのである。

大介の実家崩壊

チップは可愛い。宇賀神大介が愛犬チップに癒される理由は主に二つある。そのことをしばらく話そう。

まず、第一の理由は、大介の実家である宇賀神本家の崩壊である。

チップが宇賀神家にもらわれて一年と数ヶ月経ったある夏の日の朝、突然に東京の国分寺にある宇賀神本家の大介の父である英次から電話があった。

「俊夫が死んだよ」

俊夫とは、大介の兄であり、宇賀神本家の長男である。大介とは十歳も歳が離れているが、まだ死ぬような歳でもなかった。大介と久美子は、直ちに途中で花を買いながら国分寺の家に向かった。死因が、くも膜下出血であることは英次の電話で分かっていたが、

「朝風呂に入っていたんですが、突然『割れるように頭が痛い』といったきり、そのまま風呂場で倒れてしまい、すぐ救急車を呼んだんですけど、もう手遅れで……」

と兄嫁の佐知子が説明した。大介は、佐知子があまり悲しそうでないのを不審に思いながらも、

「何か兆候はあったんですか?」

と尋ねた。すると、佐知子は不愉快そうにいった。

「無呼吸症候群というんですか? 夜、ちゃんと寝られていたのかしら? クルマに乗ると蛇行運転したりして。隣のクルマの人に、『馬鹿野郎! 死にたいのかっ!』と怒鳴られるようなこともたびたびあったんですよ」

数日後、俊夫の通夜・告別式が行なわれた。宇賀神家一同は、チップを留守番にして、その両方に出席した。告別式の喪主挨拶は俊夫の息子の翔が行ない、初七日の献杯挨拶は大介が行なった。火葬場で俊夫の遺体が骨になって出てきた際、骨が丈夫だったのか比較的人間の形を保ったまま出てきた。それを間近で見た大介はつくづく思った。人間は死んでしまうと結局こうなるのか。それなら、生きている内に思い切り楽しまなければ嘘だな、と。

そして、それから約一ヶ月経ったある日、例によってまた英次が慌てふためいて電話し

てきた。

「大介、大変だよ。佐知子がもうホテルの仕事は出来ないってさ」

案の定である。

話をずっと遡ろう。

日本経済がバブルに差しかかった頃、東京の下町にあった英次の塗料店は、完全に経営がゆき詰まっていた。銀行はもう金を貸してくれない。それまでも、大介が以前の会社勤めで稼いで貯めた総計約一千万円を、五十万円、百万円と英次にあげていたが、焼け石に水であった。

ところが、バブルで不動産価値が急騰し、塗料店の敷地約百坪も五億五千万円で売れることになった。そこで、当時英次の商売を手伝っていた俊夫は、等価交換方式でそこにマンションを建てようとしたのである。だが、下町は負け犬に冷たい。マンション建設猛反対運動が起きた。英次、俊夫と建設会社は何度も説明会を開いたが、結局駄目で、この計画は断念せざるを得なかった。よく地方出身の噺家らが下町の人情などとわけ知り顔で話すが、あれは全くの嘘である。大介は子供の頃から思っていたが、下町ほど人間が腹黒いところはない。建設会社には違約金一千万円を支払った。

俊夫は根っからの遊び好きで、この頃夢中になっていたのが特にゴルフである。すると、必然的にうさん臭い連中との付き合いも多くなる。おそらく、そういう輩の誰かから話を吹き込まれたのであろう。いわゆるラブホテルを経営したいといい出した。ちょうど中野に出物のホテルがあり、八億円で買えるという。銀行も手の平を返したように、四億円を貸してくれるといっている。そこで、俊夫は手持ちの五億四千万円と銀行ローン四億円、計九億四千万円の内八億円でホテルを、残った一億四千万円で国分寺に邸宅を買うという計画を立てた。

これを聞いた大介は、中野の改装中のホテルと国分寺の建設中の邸宅を視察に行った。その印象は、双方とも異常に価格が高いというものであり、それを英次に電話で率直に伝えた。しかし、この計画はすでに走り出しており、数ヶ月後、名目的経営者を英次、実質的経営者を俊夫とし、ラブホテル「アミーゴ」は華々しくオープンした。そして、なぜか佐知子は経営者に名を連ねず従業員扱いであったが、まさに実質的な意味で経営者の一人である。

大介は、

「俺はラブホテルの経営なんかやらんからな」

と英次に伝えていたが、この一言で後に命拾いすることになる。かくして、英次の馬鹿、俊夫の馬鹿、佐知子の馬鹿という「馬鹿の三乗」が宇賀神本家に最大の悲劇をもたらすことになった。

　初めの五年間はホテルの経営は順調にいっているように見えた。俊夫もいっぱしの経営者気取りであった。英次も、

「現金商売だし、俊夫と佐知子の性に合っているみたいだよ」

　としきりにいっていた。しかしながら、バブルが弾け、ホテルも次第に老朽化してくるにつれ、客足も遠のくようになり、ホテルの業績も悪化していった。今から考えると、ホテルの顧問計理士が業績悪化の危険性をなぜアドバイスしなかったのか、不思議である。

　そこへ、俊夫の急死、そして佐知子のホテル事業継続の断念だ。

　佐知子の決断から一週間ぐらいして、弁護士、顧問計理士を中心とした会議が開かれた。会議には、英次、佐知子、俊夫の子供たち、大介の妹の啓子とその娘、そして大介が参加した。議題は、主にホテルと邸宅の売却、英次の自己破産、さらに英次の身柄引き受けをどうするかだ。佐知子が、

「私ももう歳で働けないし、お祖父さんの面倒はこれ以上見られない」

　というので、当面英次は大介の妹の啓子のマンションに身を寄せることとなった。数年前、漁具などの専門商社に勤めていた啓子の夫は、元上司とともに脱サラして始めたスモークサーモンの輸入事業に失敗し、マンションから飛び降り自殺した。その日は大晦日で

警察も面倒臭かったのか、事故死扱いにしてくれた。元上司も高速道路で乗用車の自損事故を装い、後を追うように自殺した。このこと自体相当な悲劇なのだが、そのことが逆に幸いして、啓子のマンションには部屋が余っていたのだ。

ただし、啓子という女性は、ヒステリックな性格で、夫の自殺以降抑鬱的性格も加わり、それが一層ひどくなっている。近年もよい精神科医を紹介するという大介の申し出を巡って、大介と啓子は大喧嘩をし、以来大介とは絶縁状態が続いている。そうした啓子のところへ英次を預けることに大介は一抹の不安を感じていた。

そして、その後英次には七百万円が残されることが分かったが、佐知子にいくら残されたのかが分からない。なぜそれを知りたいかというと、佐知子にはホテル経営の片棒をかついだ実質的な責任があるからだ。そこで、大介は計理事務所に電話してその点を問いただした。すると、小生意気な計理士は、

「そんなこと、あなたに関係ないでしょ」

という。ムカっとした大介は、

「関係ないっていうのはどういうこと？　今度は私が宇賀神家の長男なんだよ」

と反論した。すると、計理士はこう答えた。

「分かりました。一千五百万円プラスアルファですよ。佐知子さんは従業員扱いだから、

未払い給与が沢山あるんでね」

大介は正直おかしいと思った。いわば、佐知子は加害者で英次は被害者だ。その加害者が被害者の二倍以上の金をもらうというのは、一体どういうわけだ。大介の妻の久美子もおかしいという。

数ヶ月後、ホテルと邸宅を購入者に引き渡す会議が開かれた。会議には、弁護士、顧問計理士、購入者、購入者側の計理士、そして英次と大介が出席した。しかし、佐知子自身を含め佐知子側からは一人も出席者はいなかった。ホテルと邸宅は一億五千万円で売れた。それをローン返済に充てた残債はわずか四千万円である。たったそれだけで、英次は自己破産に追い込まれた。会議と引き渡し手続きは事務的に淡々と進行し、英次と大介は一言も発することなく会場を後にした。

結局、この一件で得をしたのは、最初にホテルを八億円で売り抜けた売却者と、最後に一億五千万円でホテルと邸宅を手に入れた購入者だ。勘ぐれば、他にも誰かいるかもしれない。あるいは、それは仕組まれたシナリオなのか？　いずれにしろ、宇賀神本家は完全に泥をかぶった。この一件はバブル崩壊に伴うあまたある悲劇のほんの一角といってもよい。しかし、渦中の家族にとっては、それは家族一人一人の人生をも左右する重大事件なのである。

その後、英次から大介に妙な電話があり、

「大介、君も自己破産してくれ」

という。大介は心底怒り、

「馬鹿いうなよ。何で、俺が自己破産しなけりゃならないんだ？　大体、自己破産の意味を分かってるのか？」

と英次を叱った。

「だって、しょうがないじゃないか。計理士がいうんだから」

と英次はいったが、大介はホテルの経営には関与していない。そんな馬鹿なことはないと思いつつ、顧問計理士に電話をしたら、

「アハハ、関係ないじゃないですか」

と笑われたものの、一応安堵した。やはり親父はボケていると大介は思った。実は、大介は俊夫夫婦がラブホテル経営を始めた頃から、すでに英次の老人ボケが進行しているのではないかと疑っていたのだ。

大介は、ホテル事業継続断念後の会議以来、佐知子に会っていない。そして、いまだに佐知子は行方知れずである。何か後ろめたいことでもあるのか？　あるいは、英次、大介らと絶縁したつもりでいるのか？　いずれにしろ、大介は不愉快で堪らない。

大介は傍らのチップに、自らにいい聞かせるように語りかけた。

「チップ、人間社会は汚いぞ。お前は犬でよかったな」

大介の父の行方

大介の父である英次が、大介の妹である啓子のマンションに移って半年以上経った頃、英次が公衆電話から大介に泣きついてきた。

「私ね、毎日啓子親子にいじめられて困っているんだ。煙草も駄目、おならも駄目なんて息が詰まるよ。啓子の娘なんか、『いつまでここに居るつもり？　このままじゃお母さん死んじゃうよ』なんていって、私を蹴飛ばすんだ。私だって死にたいよ。何とか助けてくれないか？」


案の定そうなったかと思いつつ、大介はまず、さいたま市役所に行ってさいたま市内の老人ホームについて色々聞いて、資料をもらってきた。市役所の担当者は安くてサービスのよい公的ホームを盛んに薦めた。老人ホームを大介が考えたのは、宇賀神家に部屋の余裕がないこと以前に、妻の久美子が英次の面倒を見ることを絶対に認めないだろうと判断したからである。久美子と結婚する際、親の面倒は見させないと大介は久美子に約束していたのだ。

翌日から、大介と久美子はクルマで老人ホーム巡りを始めた。その結果、やはり公的ホームのほうが入所金の安さの割に感じがよいことが分かった。中でも、美麗苑というホームが気に入り、早速そこで入所について話をある程度詰めてきた。

数日後、大介は英次を自宅に呼び、クルマで英次を美麗苑に連れて行った。英次も美麗苑を気に入った様子で、契約書に喜んでサインした。入所金二百万円を払い、月々の利用料金も英次の年金と軍人恩給で何とか賄えることも分かり、区切りのよい日に啓子のマンションから引っ越すことにした。

そして、一ヶ月ぐらいして英次は運送会社のトラックで、荷物と一緒に引っ越してきた。大介はそれまでに、テーブル、椅子、サイドボード、フラットテレビ、電気スタンド、時計などの家具や電気器具、それから生活に必要な最低限の日用品を用意し、事前と当日に美麗苑に送ってもらったり、クルマで運んだりした。カーテンは入所後に豪華で品がよいものと取り替えた。ひと通り家具などの据え付けが済み、夕方になったので、夕食時の食堂で、気が小さくて挨拶が苦手な英次に代わって、大介が入所の挨拶をした。

老人ホームに入ってしまえば、世間のしがらみは関係ない。まして自己破産なども関係ない。大介はここでゆっくりと父に余生を送ってもらいたいと心から願っている。また、大介はなるべく時間を作り、英次に会いに行き、近くの回転寿司屋で一緒に昼食か夕食を摂るようにしている。

ただし、老人ホームの生活は、よいことばかりとはいえない。まず、生活が単調なため、頭がボケてしまう。英次の頭は、入所以来これまでの約三年間で確実にボケている。九十歳を過ぎた年齢が年齢だけに、致し方ないところでもあるが。

次いで、足腰を使わないので、全身の筋力が急速に衰えてしまう。五年間の軍隊生活で鍛え、入所時にあれだけ体力のあった父が、短い期間にこれだけ弱々しくなってしまうのかと、大介は驚いている。最近も、一緒に回転寿司屋へ向かう途中、大介が振り返ると、英次は辛そうに両手で膝を押さえている。心配して大介が振り返りながら数歩歩いたとき、英次は前につんのめるように倒れ込んだ。大介がすぐ抱き起こすと、顔面を強打したらしく、血だらけである。大介は携帯電話で美麗苑に救援を要請し、ポケットティシューで血を拭うが、後から後から血が溢れてくる。通りすがりの人は大丈夫かと聞き、誰が知らせたのか警官も自転車でやってきた。そして、七〜八分ほどで美麗苑のスタッフが、救急箱と車椅子を持って駆け付けた。

スタッフはその場で応急処置を施し、英次を車椅子に乗せて美麗苑まで戻った。スタッフの中には看護師もいる。戻ってからは、会議室で本格的治療を施したが、出血の割には怪我は大したことがないらしく、ひと安心した。

それよりも、大介が驚いたのは、あんな短い距離でさえ父が歩けなくなったという事実である。大介は自宅に帰るとすぐインターネットで調べ、高級な介護用車椅子を買い求めた。現在、大介が英次と美麗苑から外出する際は、必ずそれを使っている。

また、英次の介護認定が、要支援認定レベル一から要介護認定レベル一にアップしたのを受けて、ヘルパーさんを頼むことにした。仲介組織と契約して、指定の日時にやってきたのは、まだ二十歳代の真面目でおとなしく、そして美人の若い女性であった。大介は、彼女をすっかり気に入ってしまった。彼女には、基本的に掃除、洗濯、そして買い物をお願いしてある。彼女のバックアップで英次の生活は劇的に向上した。

大介が思うに、父である英次のこれまでの人生は苦難の連続であった。十歳代で田舎から東京のさる塗料商に丁稚奉公に出され、長じて下町の薬屋の一人娘である宇賀神雅子と結婚し、すぐに生まれた息子の俊夫を心配しながら戦地に赴き、満州から南大東島へと転戦、終戦を迎え、東京へ帰ると、店舗兼住宅はかの東京大空襲で焼け落ちていた。戦後、塗料商として再出発すると、大介、啓子と子供が続けて誕生。祖父母、雅子、さらに三人の子供を一人で養うこととなった。そして、三人の子供にいずれも有名大学と有名短大を卒業させた。

子供たちの内、まず結婚したのは当然俊夫だが、相手の佐知子が多少陰険な女性で、俊夫と佐知子二人とも嫌いな啓子と毎日のようにいがみ合っていたため、この夫婦は二人の子供を連れて実家を出て行った。そして、今度は啓子が結婚適齢期になると、英次はヒステリックな啓子と結婚問題を巡って毎晩のように衝突し、いつも最後は、

「勝手にしろっ！」

という英次の声が家中に響き渡った。大介は、この頃英次が毎晩のように寝ながらギリギリと歯軋りしていたのを忘れられない。それほど英次のストレスは大きかったのだ。その啓子も何とか結婚し、数年して最後に大介が結婚した。

しかし、大介の結婚の頃には、英次の塗料商は大きく傾いており、何とか切り抜けていたが、バブル期に五億五千万円で敷地を売るはめになった。ここで英次の一生の不覚は、その莫大な金額を馬鹿息子の俊夫に全額くれてやってしまったことだろう。実はこのとき、大介はその金額は三人の子供の間で分配すべきであると主張している。だが、英次はどういうわけか、俊夫にそのことを伝えられなかった。英次も正常な神経を失していたのだろうか？　それとも、英次の小心ゆえか？

かくして、英次とその妻であり大介ら子供の母親である雅子は、中野のアパート、国分

寺の邸宅と転居を繰り返した。このことが病身の雅子に与えた影響は当然考えられる。その雅子も、英次と毎日のように下町に戻りたいと喧嘩する中で、国分寺に移って数年で他界した。心不全であった。そして、俊夫の急死、佐知子のホテル事業の放棄、英次の自己破産だ。その結果、英次は啓子のマンション、老人ホーム美麗苑とさらに移り住むことになる。

英次は、もう転居することはないだろう。この先行くところはただ一ヶ所……。大介はチップを見やりながら、こうつぶやいた。

「チップ、お前、長生きしろよ。だけど、ボケるなよ」

チップの癒し

人は誰しも人生に疲れる。だから、そこに何らかの癒しを求める。人が癒される対象は、その人によって千差万別であろう。今では、癒しをビジネスにしているところもある。中でも、犬や猫などのペットは、人間の創り出した癒しのための一大発明品といってよい。とりわけチワワという世界で一番小さいといわれる犬は、人間が癒されるために品種改良に改良を重ねて創り出された最高傑作であろう。

大介は、チップという一匹のチワワに大いに癒されている。大介が仕事から疲れて帰ってくると、チップは尻尾を振りながらダダっと廊下を走って、玄関マットのところまでご主人を迎えにくる。その顔は笑っているようだ。すると大介は、

「お前は鼠か？　大きな鼠だ！」

とか何とかわけの分からないことをいって、チップの頭や背中を撫でてあげる。すると、チップは恥ずかしそうに顔を摺り寄せてくる。そして、帰ってきたのが大介であることを確認すると、またダダっと廊下を走ってリビングに戻ってゆく。これで、大介の疲れの半分は吹き飛んでしまう。

こうした出迎えは、他の家族の場合も同様で、リビングから廊下へのドアが開いている限りそうする。あまりに眠くて、眠り込んでいる場合は別であるが。

チップの動作や仕草がこれまた可愛い。ヒョコヒョコと歩いている姿、ドッグフードを食べている姿、すっかり眠り込んでいる姿、食卓で食事のおすそ分けをおねだりしている姿、皆可愛い。とりわけ、甘えて仰向けにひっくり返ってしまう姿などは最高だ。チップのお得意のポーズは、両前足を突き出し、その間に顔を挟んで寝そべっている姿勢だ。この姿勢で眠っている場合もあれば、大きな目を開けてこちらを見ている場合もある。こう

した姿に大介は大いに癒される。

チップはよく寝る。他にすることがないからだが、それにしてもよく寝る。大体は、リビングの食卓の椅子の上か、ソファの上か、和室に置いてあるケージの中かで丸まって寝ている。あるいは、誰か帰ってくるのを待っているときは、玄関マットの上で寝ていることもある。

時々、大介がソファでゴロっと横になっていると、近付いてきて上りたいといった意思表示をする。そこで、大介がポンポンと自分の腿の辺りをたたくと、ヒョイと上ってきて腿の上で丸まって寝てしまう。暖かくて気持ちがよいのか、その内、クークーと寝息を立てて眠り込む。大介は起こすのは可哀想だから、最低三十分はその姿勢で耐えている。こうしたとき、大介は本当に幸せだと思う。他の家族の場合、チップはこういうことはしない。もっとも、ソファでゴロっと横になるのは大介が一番多いのではあるが。

チワワは、犬にしては非常に寒がりだ。宇賀神家の食卓は、冬になると炬燵に早変わりする構造になっている。すると、チップはその中にしばらく潜って寝ていることが多い。そこから出てきたチップは、ホカホカになっている。大介は、チップの身体を擦りながら、

「これがほんとのホットドッグ!」

などといって、笑っている。

一説によると、犬は人間の言葉を二百語ぐらいは理解するという。チップも、宇賀神家の人間たちの言葉や動作、マナーといったものをかなり理解している。犬とは何と賢いのだろうと、大介は時々思うことがある。

こうしたチップに、宇賀神家の人々は皆癒される。

チップに特技や特徴が格別あるわけではない。ただ可愛い。それだけでチップはこの世に存在する意義がある。宇賀神大介は素直にそう思っている。

大介がチップに次いで癒される対象といえば、それは妻の宇賀神久美子であろう。久美子は、ホンワカと明るい女性で、なかなかの美人でもある。また、久美子はある女子大学の被服科を出ているので、裁縫はお手のもの、そして華道は師範級、料理は得意とあって、配偶者としてはこの上ない存在である。大介と久美子は八歳も歳が離れているので、結婚したての頃は、大介にとって久美子は子供に見えたが、最近は歳相応に大人になってきた。大介は、久美子の顔を見るとなぜかホっとする。

大介と久美子は、いわゆるお見合い結婚をしたのだが、二人ともお見合いの前にすでにこの相手でよいと決めていたようで、大介のプロポーズは、お見合いの後二人で食事をして久美子を実家に送る途中、

「いいですね?」

といったきりであった。それに対し久美子は、

「はい」

と答えた。

大介は、今は中年太り気味であるが、若い頃はスリムで女性にはそこそこもてた。勿論フラれたこともあるが、久美子以前に付き合った女性も何人かいる。中には、結婚を少し考えた女性もいた。大介の出身大学の後輩で、ふとしたきっかけで知り合った。彼女はスタイルは申し分なく、セクシーで美人であった。大介は彼女を可愛がった。周りもそれを知っていて、

「宇賀神、あの娘と結婚しちゃえよ」

などといっていた。ある晩、大介が彼女と食事をしていると、彼女が、

「あなた、女を特別なもんだと思ってるでしょ。女だって男とおんなじよ」

といったのが強烈に印象に残っている。当時は、大介は彼女のいった意味がよく理解できなかった。なぜなら、実際女性は特別な存在だと思っていたからだ。しかし、大介は今では彼女のいったことの意味が少し分かるような気がしている。その後、大介は彼女とは何となく別れてしまった。

それにしても、日本の女性はおしとやかで優しいなと、アメリカに短期留学した経験を

持つ大介はつくづく思う。「大和撫子」とはよくいったものだ。これに対し、アメリカの女性は、勿論人にもよるが、概して若い頃は妙に突っ張っているように見えるのだ。アメリカの若い男性は、それがおかしいとは思っていないらしい。男性が甘やかしてでもいるのか？　大介は、そうした女性に何度か嫌な目にあっている。

　ところが、これが中年、老年となるにしたがい、おとなしく優しくなってゆくから不思議なものだ。大介が街を歩いていると、

「写真を撮ってあげましょうか？」

「道を教えてあげましょうか？」

　と中年女性が優しく声をかけてくる。ある日、大介がワシントンＤＣの国会議事堂の議場にある傍聴席に座っていると、隣におそらく田舎から出てきたのであろう、中年のご夫婦が座った。すると、その奥さんが感極まったように優しく声をかけてきた。

「あなた、今どこにいるか分かるっ？」

「イエース、イエース……」

　と大介は答えた。また、大介が当時のウォルトディズニーワールドにあるマジックキングダムでお土産のＴシャツを持って歩いていると、いかにも優しそうなお婆さんが、

「それ、どこにあるんですか？」

と尋ねてきた。大介は、

「向こうのほうです」

と、指を差して教えてあげた。

このように、アメリカの女性は歳を重ねるにしたがい、おとなしく優しくなってゆく。大介は、日本の若い女性がアメリカの若い女性のように突っ張らないでほしいと願っている。男性は、女性にも癒しを求めているからだ。

今日も、大介は仕事から疲れて自宅に帰ってきた。すると、チップが尻尾を振りながらダダっと廊下を走って出迎えた。大介はホっと一息ついた。

大介のお仕事

大介がチップに癒される第二の理由は、大介の仕事からくるストレスである。チップは仕事がなくていいなぁ、と大介は時々思う。

他の人は、自由な時間が多そうな大介の職業を一体何だと思うだろうか？　実は、大介はある中堅私立大学の教授である。経営学部で、主に「企業戦略論」を教えている。大介は、大学院博士課程から、助手、専任講師、助教授（現在の准教授）、教授と進んだ、いわゆる「純粋培養」ではない。シンクタンク会社のサラリーマンからいきなり大学の助教授に引き抜かれた転任組である。だから、大介には「純粋培養」組の教員がしばしば持っている陰湿ないやらしさというものがない。必然的に、大学という組織の中では、ストレスが溜まる。

大介は、大学を卒業する際、大手の自動車メーカーからこないかとしきりに誘いを受けていた。大介は大いに迷ったが、当時の大介には勉強が面白く、大学院で研究したいという意向が強かった。そこで、大学院の修士課程から博士課程へと進むことにした。考え方が都会的で洗練されているので、指導教授には可愛がられた。しかし、こうして研究室で安楽に議論しているのが、果たして現実の経済や経営の勉強となるのか、しだいに疑問に思えてきたのである。当時はまだ下町の実家で、テレビで経済理論の啓蒙番組を見ていたとき、父の英次が、

「何で、経済学者っていうのは、ケインズがどうの、マルクスがどうのとばかりいっているんだ？　生の経済なら私なりに知ってるよ」

といったのが、妙に心に引っかかっていた。そのとき、大介はたまたま通産省（現在の経済産業省）の調査をしていた、ある大学の先生の手伝いをした。そして、やはり現実の経済

というのは面白いもんだなぁ、と思った。そこで、博士課程を思い切りよく中退し、その先生の斡旋で、あるシンクタンク会社にあっさり就職してしまった。指導教授には怒られたが、実家にも何かと迷惑をかけるし、研究室で安楽に議論をしている余裕などなかったのである。

ところが、シンクタンク会社の仕事というのがまたきつい。競争が激しく、親会社から出向している無知な上司が、無理難題とも分からずに仕事を取ってくる。受注先の調査費用は大体安く決まっており、研究員の技術料も決まっているから、削られるのは調査研究期間で、およそ不可能な期間が設定される。お陰で、昼も夜もない、土曜も日曜もないという生活が続く。

数年この仕事を続ける内、大介はいい加減疲れてきた。その間、大介は久美子と結婚したが、久美子のためにも長くやる仕事ではないなと思えてきた。そこへ突然、どういうルートで大介のことを知ったのか、今の大学から運よく誘いの電話があった。大介は転任を快諾した。大介は、誰か幸運の女神が大介のことを教えてくれたのだろうと感謝している。大介の兄の俊夫は、こうした弟の栄転に内心コンプレックスを感じていたに違いない。「惣領の甚六」「賢弟愚兄」という言葉も頭をよぎったであろう。

大学で働き始めた翌年、娘の彩乃が生まれた。大学生活はまずまず楽しく、大介の授業は学生に大変人気がある。現在の経営学部は、昼間コース、夜間の社会人コースに分かれており、教員はそれぞれ隔年で主な授業を担当する。大介の「企業戦略論」は、必修科目ではなく選択科目であるにもかかわらず、その受講生は昼間コースでは四百名を超える。四百五十名を超える年もある。勿論、経営学部ではダントツの多さだ。学内で最も大きい教室を使っているが、そこの定員が四百名だから、一体どうなっているのだろう？ その大介が授業中冗談で、

「今日は、チワワのチップちゃんが独りでお留守番しています。心配なんです。早く帰りたいんです」

というと、学生たちがドっと笑う。

ちなみに、大介はマルクス主義というものが大嫌いである。勿論、大介も学生時代にはマルクス主義に興味を持ち、マルクス経済学の入門書を数冊読み、『資本論』も一応全巻目を通してみた。その結果、『資本論』はよく出来た文献ではあるが、マルクス主義は労働者による革命という結論から逆算して、巧妙に論理展開した大嘘だと考えるようになった。マルクス主義に対抗するいわゆる分析哲学の本も沢山読んで、ますますその考えは強固になった。

ところが、総合私立大学ともなると、一つの学部でもマルクス主義者が結構いる。そう

いった連中は、ベルリンの壁が崩れて、ソビエト連邦や東ヨーロッパが崩壊すると、私はマルクス主義など知りませんといった「隠れマルクス主義者」になってしまった。これも困ったもので、第一隠れた蛇のように不気味である。西武セゾングループの総帥である堤清二氏がロシアに行って、

「ソビエト連邦は崩壊したが、マルクス主義は正しい」

などといったが、率直でよいけれども大馬鹿である。

それだけでもストレスなのに、近年大介にとって胸糞の悪い事件が二件起こった。

第一は、卒業生の単位不足に関する事件である。

ある年の春、卒業式も終わり、大介はゼミの学生も全員無事卒業したろうなと思いつつ、久美子と彬人と一緒に那須に一泊のドライブ旅行に出かけた。一日遊んだ翌日の朝、留守番の彩乃からホテルに電話があった。

「何か、大学から緊急の相談があるんだって」

慌てて、大介が大学に電話すると、教務委員の深谷教授が電話口に出た。

「宇賀神さん、おたくのゼミの女子学生が、卒業式が終わってから自分の単位を確認しにきて、卒業に二単位不足していることが分かって、今父親と一緒に泣きついてきてるんだ。こうなったらさぁ、あの女子学生は卒業論文を書いていないけど、宇賀神さんが女子学生

の卒業論文を机にしまったまま忘れていたと嘘ついて、教授会で謝罪して卒業させるしか手がないんだけど、出来ないかなぁ？　女子学生には後から卒業論文を急いで書かせればいいよ。それと、女子学生の就職内定先の会社に、彼女と一緒に謝りに行ってくれないかなぁ？」

大介は、ちょっと考えさせてくれといって、電話を切った。当時、大介も教務委員を担当しており、当の女子学生が卒業に二単位不足しているのは知っていたが、本人にもそれが分かっており、自分自身で何とかするのだろうと考えていた。卒業論文の単位数は八単位であり、特に卒業の要件にはなっていない。大介は久美子にも相談したが、

「そんなの駄目に決まっているじゃない」

といわれた。彬人も、

「何で、会社に謝りに行くのさ？」

という。

大介は熟考して、再度大学に電話した。

「やはり、そんなことは出来ません」

と。

大介らが帰って数日後、経営学部で教務委員会が開かれた。そこで、まず委員長の島本

教授が、

「今回の件は、二つ問題があると思います。一つ目は、この重要な時期に委員が連絡先も教えずに、大学を離れたことです。二つ目は、ゼミの担当者が卒業生の指導に責任を感じていなかったことです」

と前置いて、続いて深谷教授から集中砲火がきた。

「宇賀神さんには酷なことというけど、本当に責任を感じているの？ 確か去年も宇賀神さんのゼミの女子学生が、編入生だから単位の取り方がよく分からないで単位不足になって、僕が教授会で謝って卒業させたよねぇ。こう毎年続くようじゃぁ、宇賀神さんには学生の指導能力がないとしか思えないよ。どうしてこういうことが続くのか、何か釈明あるの？ 僕のアドバイスを何で無視するのかなぁ？ それから、先方の会社に本当に一緒に謝りに行くつもりだったの？」

これ以外にも、いわれなくてもよいようなことを散々いわれたが、大介は憮然として聞き流し、

「一応、お詫びしておきます」

といって、会議は終わった。当の女子学生は九月卒業となり、先の会社もそれまで待ってくれた。

そして、第二は経営学部長との確執である。

経営学部長の黒崎教授はマルクス主義者で、頭は切れるがその分多少陰険なところがあり、大介にはことあるごとに、

「学生から、授業に関係ない話ばかりしているとクレームがきてるんだけどな」

などといっては、いびっていた。大介としては授業の雰囲気を和らげようとして、話しているだけなのだ。

そして、遂に本格的な衝突がやってきた。それは、ある夜間の社会人コースの学生からの学部長宛てのメールを巡ってである。

前期の期末試験も終わってすぐの夏休みのある日、大介は学部長に電話で呼び出され、学部長室で一通のメールを見せられた。差出人の名前は黒く消されていた。そこには、こんなことが書いてあった。

「本日、『企業戦略論』の試験を受けました。試験問題は文章の穴埋め式でしたが、その問題の半分は自動車の名前や型式に関するものでした。自動車の名前や型式を覚えることが、果たして『企業戦略論』の趣旨にかなっているのでしょうか。いやしくも名のある私立大学で、このような試験が現実に行なわれていることに疑問を感じます。このことが文部科学省に知れたらどうなりますか。そういう試験を課す教授の存在も問題です。もし、

何らかの善後策が取られない場合、私は文部科学省に訴えます」

大介は怒り心頭に発した。なぜなら、自動車の名前や型式がどうして重要かについては、授業の中で丁寧に説明したからだ。この学生は、社会的権利意識だけは一人前に強いくせに、理解力がなく、試験も出来なかった奴に違いないと大介は思った。誰だかは大体想像が付く。しかし、秋には総長選挙を控えていた学部長は、この「文部科学省」という言葉にビビった。大介は、

「いいですか、黒崎先生。企業戦略というのは企業間の攻防の要でしょう。企業間の攻防というのは、同時にそれら企業の商品間の攻防でもあるわけです。ですから、自動車産業を例に引いていますが、そこに商品である自動車の名前や型式が出てきても何の不思議もないと思いますが」

と試験の正当性を主張した。しかし、学部長は、

「だけどこの学生、社会人だから絶対文科省にいうよ」

と心配する。大介は、

「断ったら、どうなります?」

と開き直った。すると、学部長は、

「授業を降りてもらう。他の先生方は一生懸命やってるんだよっ!」

と、あろうことか恫喝めいた言葉を吐いた。つまり、大介の授業や試験がいい加減で、大学を辞めてもらいたいという意味だ。

そこで、試験問題の半分は無効とし、空いた半分は新たにリポートを課すことで、大介は嫌々ながら学部長と意見の一致を見たのだが、何と、学部長は大介に事前の相談もなく勝手に試験問題を削ってしまった。腹に据えかねた大介は、わざと自動車の名前や型式をどうしても書かざるを得ない内容のリポートの課題を作った。たった一人の馬鹿で権利意識だけが強い学生のために、他の学生には余計な手間を強いてしまったことに大介は申しわけなく思っている。そして、その後、学部長は嫌なことに新総長に就任した。

大介は、最近大学生活にストレスを感じている。しかし、若い学生たちと談笑しているとそれも幾分和らぐが、一番大介の心を癒してくれるのは、やはり愛犬チップだ。

大介、ボストンの思い出

大介は、仕事がら海外へ行くことが多い。これまでに行った国は、ポーランド、旧ユーゴスラビア、トルコ、イタリア、旧西ドイツ、連合王国（イギリス）、カナダ、そしてアメリカだ。不思議なことに、フランスへはまだ行く機会に恵まれていない。この中で、一番長く滞在したのはアメリカであるが、それでもたった三ヶ月間の短期留学であった。しかし、その留学先は世界に名を知られた、かのハーバードビジネススクール（ＨＢＳ）である。

ＨＢＳとは、勿論ハーバード大学の経営大学院のことであり、アメリカ北東部の由緒ある都市、ボストン市にある。ただし、ハーバード大学それ自体の主要な所在地は、チャールズ川を挟んだボストン北側の都市、ケンブリッジ市となっている。

今から十数年前、大介がまだ四十歳代になったばかりのことである。勿論、チップが大介の家にくるずっと前の話だ。八月下旬のまだ暑い夏の日の夕方、大介は勇んでボストンの空の表玄関であるローガン空港に降り立った。その日はもう遅かったので、とりあえず予約しておいたハーバード大学の横にあるケンブリッジ・シェラトンホテルにタクシーで向かった。そして、今回の留学の世話役であり、欧米経営史の権威である今は亡き、アルフレッド・チャンドラー名誉教授の手伝いをＨＢＳでしていた曳野さんに電話を入れたが、留守電になっていたので至急お会いしたい旨の伝言を入れ、その日は眠りについた。

翌朝、部屋の電話のメッセージライトが点滅しているので、フロントに行ってみると、その日の午後三時にＨＢＳの、ベイカー図書館でお会いしたいという曳野さんからのメッセージであった。大介は、午後少し早めにＨＢＳに行くことにした。ＨＢＳがどのような所か確かめておきたいと思ったからだ。そして、驚いた。ＨＢＳのことだから、さぞかし先進的で近代的なビルが建ち並んでいるのだろうと想像していたが、煉瓦造りの瀟洒な建物ばかりで近代的なビルなどついぞ見当たらない。大介は、初回にパンチで打ちのめされた気持ちであった。

曳野さんは、大介より少し若いが、いかにも人のよさそうな人物で、大介の相談に親身に乗ってくれた。まず、大介の宿舎探しである。料金の高いシェラトンホテルにそう何日も泊まるわけにはゆかない。曳野さんは、アパートをしきりに薦めてくれたが、ＨＢＳまで歩いて三十分かかるという。それが毎日だと大変だろうと大介は躊躇した。そこで結局、料金は多少割高だが、ＨＢＳまで歩いて五分しかかからないハーバード・メイナーハウスという安宿に泊まることにした。ただし、安宿といっても一泊九十ドルで、一ＵＳドル＝百五十円の時代だから、その出費は馬鹿にならない金額であった。

次いで、曳野さんはベイカー図書館の書庫への入庫許可証を取ってくれた。これがあると、経営関係では世界一の蔵書数を誇るベイカー図書館の書庫に入って、中の閲覧場所で自由に文献を閲覧でき、持ち出してコピーも出来るから、大変助かった。

ボストンにきて四日目に、大介はシェラトンホテルからメイナーハウスのツインの部屋に移った。その晩は、大介は曳野さんと日本料理店でしこたま酒を飲み、メイナーハウスに帰ってシャワーを浴びようとバスルームに行ったところ、おかしなことにバスタブのカーテンが閉まっている。大介はそれを開けて驚いた。酔いがいっぺんに吹き飛んでしまった。何とバスタブが汚水で一杯になっていたのである。激怒した大介はフロントに怒鳴り込んだ。

「ちょっと一緒にきてくれ。見せたいものがある」

フロント係は、何事かと大介に付いてきて、バスタブを見て言葉を失ってしまった。

「こういうことは時々あるの?」

「いや、初めてです……」

結局、メイナーハウス側は直ちに部屋を最上階の一番奥のシングルだが、広くて見晴しのよい部屋に取り替えてくれた。

次の問題は食事である。朝は、メイナーハウスの一階ロビーでドーナッツとジュースが無料で提供される。

昼は、HBSの最も奥に「クレスギ」という学生ホールがあり、平日は大体そこのカフェテリアで大介はサンドウィッチ、サラダ、クラムチャウダーなどを食べた。HBSでは、教員はネクタイ着用が義務付けられているので、大介がネクタイをして行くと、そこで教員に間違われたりもした。街のデリカテッセンも勿論利用した。

夜は、さすがハーバード大学だ。学生が世界各国から集まってくるので、気付いただけでも日本料理、中華料理、韓国料理、ドイツ料理、ロシア料理、インド料理、タイ料理などの店が軒を並べており、全く不自由しない。日本料理だけでも、寿司屋、そば屋、ラーメン屋、定食屋など多彩である。メイナーハウスのすぐ前の路地には、韓国人が経営する日本料理と韓国料理の店があったので、近くて助かった。そこでは、大介は刺身定食とかユッケ（タタールステーキ）定食などをよく食べた。ボストン名物の生牡蠣やロブスターも時々食べた。

ただし、外食ばかりではお金がかかってしょうがないので、大介は大学生協で電気湯沸かし器を買い、コンビニやドラッグストアでパンやバナナ、日本食品店ではカップ麺、海苔の佃煮、缶詰などを買い、湯を沸かしてカップ麺を食べたり、パンに海苔の佃煮を塗って食べたりした。好きな酒も、酒屋でウイスキーのバランタインやボストンで一番有名なビールであるサミュエル・アダムスを買い、メイナーハウスの廊下にある製氷機から氷を取ってきて、それで冷やして飲んだりしていた。日本では、このサミュエル・アダムスが東京ディズニーシーで飲めるので驚いている。

さて、九月に入るとＨＢＳでも新学期が始まる。大介は、曳野さんの斡旋でチャンドラー先生のゼミに参加させてもらうことにした。何しろ世界に冠たるHBSのゼミだ。大介は恐る恐る参加した。しかし、実際にゼミが始まり、回を重ねるにつれ、それはしだいに安心感に変わっていった。

「何だ。日本の大学院のゼミと大して変わらないじゃないか。多少人数が多いだけだ」

大介は内心そう思った。チャンドラー・ゼミの演習室は、机と椅子が二重になったすり鉢状の四十人くらいは入れるかなり大きな部屋だ。チャンドラー先生の他にコメンテーターの先生が二人付く。ゼミの進め方は、招いた先生、企業関係者、博士課程の学生などがリポートを行ない、それを基に討論するというものだ。

初回のリポーターは、「競争戦略論」で有名な俊英、マイケル・ポーター教授であった。このときは、他のゼミからも学生がなだれ込み、演習室は学生で溢れかえった。さすが、ポーター教授は人気があるなと大介は思ったが、リポート自体はかなりいい加減なものであった。だが、ゼミではリポーターへのコメントは概して辛辣である。ある先生が自分の書いた本を基にリポートしたところ、

「その本はおかしい」

と、コメンテーターの先生から批判が飛んだ。

「どのように、おかしい?」

「そもそも、概念的におかしい」

「そんなこといったって、今さら書き直せないし……」

といったやり取りは、大介にとって大変面白かった。

曳野さんは、チャンドラー・ゼミのコーディネーターもしていた。ゼミが終わると、曳野さんの用がない限り、二人で日本食店に行って寿司などを食べ、酒を飲んだ。骨付き肉など南部のワイルドな料理を出す「レッドボーン」という店に連れて行ってもらったこともある。

ＨＢＳのスタッフがまた優秀である。おしゃれなセーターを着こなしたキャリアウーマン風の女性がテキパキと仕事をこなす。日本の大学の小役人的な事務員とは大違いである。

大介が、

「チャンドラー先生のセミナーの資料が欲しいんですけど……」

ともらいに行くと、サっと然るべき資料を渡してくれる。

休日には、大介は近くのマサチューセッツ工科大学（ＭＩＴ）へ行ったり、ボストンのダウンタウンを散策したりした。特に大介が好んで行ったのは、クインジーマーケットやファニエルホールのあるボストンの歴史を感じさせる古い街並みだ。その雑踏の中に身を置くと、大介はなぜかホっとした。ボストンには、フリーダムトレイルというボストンの歴史を辿る散策コースがある。大介は、このコースを全部歩いてみた。そして、その中にはコンスティテューション号という米英戦争で活躍した帆船がある。まだれっきとしたアメリカ海軍に籍を置く軍艦だというから驚く。このコンスティテューション号を観に行ったときのことだ。

大介が歩いていると、その先を二十歳代と思われる女性が歩いていた。大介はしばらく女性の後を歩いていった。必然的に、大介はストーカーのような形になってしまう。その女性はさすがに警戒したのか、チャールズ川の河口近くを渡る大きな橋の上で声をかけてきた。


「どこへ行くの?」

「コンスティテューション号を観に行くところです」

「それなら、私が案内してあげる。今どこに住んでるの?」

「ハーバードスクエアの近くです」

「そこへは、私も一度行ったことがあるわ」


などととりとめのない話をしながら、二人は歩いていった。夕方も遅かったので、まだコンスティテューション号が見学のために開放されているか心配だった。コンスティテューション号が見えるところで別れ際、彼女は、

「グッドラック！」

といってくれた。アメリカの若い女性にも、中には結構優しい人がいるんだなぁ、と大介は思った。

地下鉄で路面電車にもなるグリーンラインに乗って、岡倉天心で有名なボストン美術館へも行ってみた。そのグリーンラインの可愛らしい車両が全部日本の近畿車輛製なので驚いた。

十月下旬、大介はボストンを離れ、特急列車でニューヨーク、ワシントンDCへ行き、さらにワシントンDCからは、飛行機でフロリダのオランドー空港へ飛び、念願であったウォルトディズニーワールドを視察した。オランドー空港からボストンのローガン空港へ帰る際、チェックインカウンターの男性が、

「今、ボストンへ帰ったら、冷凍人間になっちゃうよ」

と冗談を飛ばしていたが、実際、ボストンへ帰ったら何とみぞれが降っていた。

そして、再びハーバード・メイナーハウスに滞在し、その間、曳野さんに預けてあったスーツケースを受け取り、十一月下旬、大介はサンフランシスコを経由して日本に帰国した。

今となっては、ボストン滞在は大介にとってよい思い出である。そこには、様々な出会

いがあった。これも、何かの縁である。ちなみに、大介は外国を歩いていると不思議なくらい何度も外国人に道を尋ねられる。いかにも、現地の人間のような顔をして歩いているからだろうか？　それとも、何かの縁か？

あれから十年あまり経って、大介が可愛いチップと出会ったのも、ボストン滞在のとき多くの人たちと出会ったのと同様、きっと何かの縁に違いない。大介は心からそう思っている。

チップ、日々是好日

今日もチップは元気だ。周りの人間がどんなにストレスを受け、悩みを抱えていようとも、その生活は天下泰平、日々是好日だ。よい家庭に引き取られた犬は幸せだな、と大介は自己満足している。

ここでは、チップの平均的な一日がどのようなものであるか、その実態を観察してみよう。大介は、授業のない日は家にいることが多いが、そういったある平日の一日と設定する。

まず、午前六時か七時、チップはフガフガいいながら、一階の和室から久美子と一緒に起きてくる。夜は久美子の布団で一緒に寝ているからだ。そして、早速大介たち人間は朝食を摂る。朝食は大体いつもパン食である。娘の彩乃は、普段は朝食を摂らずに七時頃仕事に出かける。チップは決まって食卓で大介の隣の椅子に乗っかる。それは、大介がパンのおすそ分けをしてくれることを知っているからだ。朝は通常、チップにはドッグフードはあげない。

チップは、人間の食べるものなら大体食べる。ただ、魚の刺身は苦手のようだ。それから、チョコレートはあげない。久美子から、犬の身体には悪いのでと止められているからである。

「そんなにあげないでよ！」

と久美子からはよくいわれるが、チップのあどけない顔を見ていると、大介はついついパンを沢山あげたくなってしまう。アイスクリームやケーキのような甘いものも大好物だが、チップの一番好きな物はカマンベールチーズである。これが出てくると大変だ。チップは気が狂ってしまう。これは、息子の彬人が好物だからなのであるが、これも一番多くあげるのは大介である。

大介からパンをもらって、お腹を満たすと、ここでチップは和室に置いてある犬用トイレに行ってウンチをする。チップのウンチは、身体に見合って可愛らしいコロコロのウンチだ。ウンチは、最初にそれを見た者がトイレットペーパーに包んでトイレに流しにゆく決まりになっている。

午前八時か九時頃、彬人が大学に出かけるが、そのとき必ずチップはガオガオと吠えながら、玄関まで後を走ってゆく。行くなという意味なのかよく分からない。犬の心理というのは面白いものだ。習性になっている。大介と久美子の場合、出かけるとき、そういうことはしないのだが。

久美子は、洗濯とゴミ出しが済むと、午前十時頃掃除をするか買い物に行く。普通のお宅では、この頃犬を散歩に連れ出すのだろうが、宇賀神家ではこれまで、チップをほとんど散歩に連れて行ったことがない。ほぼ完全な室内犬となっている。だから、チップは外が怖い。チップが少し太り気味なのは分かっているが、宇賀神家の連中も運動のために無理に連れて行こうとは思っていない。

久美子が買い物から帰ってくると、チップは走って玄関まで出迎えにゆく。そして、お留守番のご褒美のササミとかビーフのジャーキーをもらう。久美子の、

「お座り！　待てぇ。よし！」

という言葉をチップは理解している。チップはジャーキーをくわえて、コソコソっとリ

ビングの隅に行き食べている。これは、自分の物だという意思表示なのだろうか？　大介がいたずらでそれを取ろうという真似をすると、ウーといって怒るから、多分そうなのであろう。

そうこうしている内に、すぐ昼になる。昼食は麺やスパゲティのたぐいが多いが、チップはまた大介の隣にちゃっかり座り、大介の分から少しずつ分けてもらう。チップは麺やスパゲティをも実に上手に食べる。

人間たちの食事が終わると、今度はチップの食事の番となる。ステンレスの皿に小型犬用のドライフードを七十粒ぐらい入れてもらい、フローリングの床に置いてもらう。しかし、チップはあまりこのドライフードが好きでないらしい。お腹が減っていればすぐ食べるが、大介から食べ物をもらい過ぎてお腹が一杯だと、フンと鼻を鳴らして皿から離れてしまう。

昼食後、大介がソファにゴロっと横になると、例によってチップはそこに上ってきて、大介の腿の上で丸まって寝てしまう。その内、クークーと寝息を立てて眠りにつく。やはり気持ちがよいのだろう。大介は、いつも通りしばらくはそのままにしておく。大介がソファでうつ伏せに寝ているときも同様だ。

そして、大介が二階にある自分の書斎兼寝室に行こうとすると、チップはダダっと後を追ってきて、女の子座りのポーズを取って大介の顔を見上げる。二階へ連れて行けというのである。独りで階段を上れないチップにとって、二階の各部屋を見て回るのは大冒険なのだ。大介はチップを抱えて階段を上り、廊下で放して誰もいない各部屋をチップの気の済むまで見せてあげる。チップには匂いで各部屋が誰の部屋か分かるようだ。気が済んだら、大介は再びチップを抱えて一階に降りてくる。これを、毎日のように飽きもせず繰り返している。

ピンポーンとインターフォンが鳴って、家族の誰かがシャチハタの印鑑を取り出したら、さぁ大変だ。変な奴がきたぞ！　チップはワンワンと猛烈に吠え出す。勿論、きた人とは宅配便業者か書留郵便を持ってきた郵便局の人である。このように、チップは外部の人間に過剰に反応する。リビングのガラス戸越しにちょっと人影が見えただけで吠え続ける。これには、チップを散歩に連れ出さないので、他人に慣れていないという理由があるかもしれない。あるいは、自分を宇賀神家の番犬だと意識しているのだろうか？　いずれにしろ、あまり吠えるとご近所迷惑なので、リビングのガラス戸には人間の腰の高さまで乳白色のフィルムを貼ってしまった。困るのは、自宅に電気屋さんなど他人を上げなければならないときだ。こういうときは、チップを久美子が抱っこしているか、ケージを二階に上げそこに閉じ込めることにしている。

夕方、彬人が大学から帰ってくる。すると、チップは尻尾を振って玄関まで出迎えにゆく。その姿がとても可愛い。

午後六時か七時頃、夕食となる。このときも、朝食、昼食と同様、チップは大介の隣にいて、大介から食べ物の一部をもらっている。人間たちの食事が終わると、チップの食事となる。久美子がチップに、

「ご飯?」

と聞くと、チップは久美子の膝の上に乗り、右前足で久美子の胸を引っかくような仕草をする。食べたいという合図だ。今度は久美子が昼食と同じドライフードに鶏のササミのウェットフードを混ぜてあげる。こちらのほうは、チップは好きなようで、ペロっと平らげる。その後、家族がテレビを観たり、風呂に入っている間は、チップは大体どこかで寝ている。久美子か彩乃がたまに面白い玩具を買ってくるが、少し遊ぶとすぐに飽きてしまう。チップは、誰かが遠くに投げた玩具を走ってくわえてくるという遊びが好きだ。犬としては、平凡ではあるが。

そして、午後十時か十一時頃、チップは久美子と一緒に床につく。久美子の、

「チミさん、寝るよー」

という言葉もチップは理解している。

彩乃が帰ってくるのは大体午後十一時過ぎだから、そのときは寝室である一階の和室の戸をガリガリっと引っかいて彩乃か大介に出してくれと知らせ、彩乃の顔を見ると安心して寝室に戻る。

以上が、チップの平均的な一日の生活である。

動物病院へは、久美子がチップをペット専用鞄に入れ、電動アシスト自転車に積んで、定期的にフィラリア（寄生虫の一種）予防の薬をもらいに行ったり、八種混合ワクチンの注射を打ってもらいに行ったり、また、「フロントライン」という蚤やダニの予防薬を付けてもらいに行ったりしている。その際に爪を切ってもらったり、シャンプーしてもらったりしている。シャンプーすると、病院ではチップの頭にチョンチョリンコを付けてくれる。その容姿は可愛いの一語に尽きる。

なお、チップは時々ブーブーブーと豚のように鼻を鳴らすが、これは犬の咳なのだそうである。

チップのお友だち

宇賀神大介は子供の頃からのクルマ好きである。いや、クルマだけではない。飛行機、船、鉄道と乗り物は何でも好きなのだが、残念ながら今は戦闘機や戦艦といったプラモデル、鉄道模型などを作っている時間的余裕がない。よって、落ち着くところはクルマということになる。

大介が現在所有しているクルマは二台ある。一台はロータリーエンジンを積んだスポーツカー、もう一台は同じメーカーのスポーティな仕様のコンパクトカーであり、両方ともマニュアル（手動）トランスミッションのクルマである。大介は、クルマはスポーティでなければクルマではないと思っており、十八歳で運転免許を取って以来、そういうクルマばかりに乗ってきた。この考えは、今では息子の彬人に継承されている。

大介は主にスポーツカーのほうに乗り、彬人は主にコンパクトカーのほうに乗っているが、本来はそうするつもりではなかった。先に買ったのはコンパクトカーで、大介がその流麗なスタイルに惚れ込んで買い、彬人が運転免許を取ったので、同じメーカーの中古のオープンスポーツカーを買ってやるつもりで彬人と一緒にディーラーを訪れた。

ところが、実際にディーラーでそれを探し始めたところ、工業大学の自動車部に所属する彬人が、同じタイプのクルマは先輩がよく乗っているし、どうせこのメーカーのスポーツカーを買うのだったら、ロータリーエンジン車がよいといい出した。そこで、一旦自宅に帰り、大介がインターネットで調べたところ、同系ディーラーの桶川店にかなり割高だが、まだわずか二千キロちょっとしか走っていないロータリーエンジンのスポーツカーがあることが分かり、早速翌日、ディーラーの懇意になったセールスマンに桶川店に連れて行ってもらった。

実車を見ると、多少疵はあるものの新車同然だ。予算大幅オーバーだが、疵を全て直してもらうことにして、その場ですぐ買うことに決めてしまった。また、大介も短気だ。しかし、こういうところで決断が早くないと、よい中古車の足は速い。疵を直してコーティングをかけたそのクルマは、まさに新車になってしまった。それを見た大介は、これでは彬人にはもったいないと思い始め、結果的にこのスポーツカーには大介が、先に買ったコンパクトカーには彬人が乗ることになってしまったのだ。

大介は、この二台のクルマを自宅のはす向かいにあるアパートの、比較的広い駐車場の余っている駐車スペースを借りて置いている。二台ともボディカラーが赤系統なので、その並んだ様は壮観そのものだ。駐車場を借りているのは、大介の自宅の駐車スペースが狭く、乗り降りのし易さや出し入れのし易さを考えたら、実質的に小さめのコンパクトカーしか置けないからである。よって、今ではそこは、妻の久美子の趣味であるガーデニングの恰好の場所となっている。

また、大介は飛ばし屋でもある。名古屋辺りだったら、東名高速を飛ばして気楽に往復する。買って間もなく、ロータリーエンジン車の高速性能をテストしに、大介は一人で那須まで行ってきたが、三車線の東北自動車道の中央車線を走っていたとき、前が空いていたので思い切りアクセルを踏み込んだ。クルマは見る見る内に加速し、驚くべきスピードに達したのをメーターで確認し、大介が前方を見ると、何と今しがた遠くを先行していたトラックがすぐ目の前にいるではないか。慌ててブレーキを踏み、ハンドルをスッと右に切って追い越し車線に逃れた。すると、クルマは何事もなかったかのように走り続ける。そして、そのときのクルマの挙動が全く安定していて、大介はさすがによく出来たスポーツカーだなと感心した。

後日、かかりつけの精神科医にその話をしたら、オービスなどに捕まらないため、レーダー探知機を付けたほうがよいと助言され、早速取り付け重宝している。

大介と彬人は、市販車の改造車によるスーパーGT選手権というレースが春と秋に富士スピードウェイで開催されると、決まってそれを観戦に行く。そして、スピードと爆音に酔いしれて帰ってくる。最近は、モータースポーツの最高峰であるF1を、彩乃を留守番にして、大介、久美子、彬人の三人で富士スピードウェイに観戦に行った。このときは、自家用車ではかえって不便なので夜行バスを利用したのだが、バス代を含めて観戦料が三人で十八万円というのは正直痛いと大介は思った。

大介が最近クルマの趣味にのめり込んでいるのは、死んだ兄の俊夫の遺骨を見て、人間は生きている内に楽しまなければ嘘だな、と思ったことが大きく影響している。

さて、大介が先の真っ赤な二台のクルマを洗っていると、時々薄茶色の可愛いチワワを連れたご婦人を見かける。大きさはチップぐらいだ。その話を久美子にすると、

「あの薄茶色のチワワでしょう」

という。実は久美子もよく見かけていて、気になっていた様子だ。そこで、大介と久美子は話し合った。

「うちのチミさんは外の世界も犬の世界もよく知らないだろう。散歩に連れて行かないからな。大体、自分が犬だってことを自覚してんのかもよく分かんないしな。だからさ、あのチワワとお友だちになれればいいんだけど……」

「うーん、どうかな。可愛いチワワだし、私もお友だちになれればいいとは思うんだけど、

チミさん、怖がるんじゃないかしら」

「そんなことといってたらさ、チミさん、一生内弁慶のお坊ちゃんで終わっちゃうよ。それ、可哀想だと思わない？　俺が声かけると怪しまれるかもしれないからさ、お前、気が向いたら声かけてごらんよ」

「うーん、いいけど。チミさん、チミさん、お友だち欲しい？」

チップが駆け寄ってきた。

そして、その日は意外と早くやってきた。大介の自宅のすぐ裏手には、周囲約一キロの沼を中心にした比較的大きな公園がある。例の薄茶色のチワワとご婦人は、そこで散歩するのを日課としているらしい。久美子が電動アシスト自転車で買い物の帰りにたまたまその公園を通りかかると、例のチワワとご婦人を見かけた。そこで、久美子は意を決してご婦人に声をかけた。

「可愛いチワワちゃんですね。うちにもチワワがいるんですよ。何歳なんですか？」

「四歳なんです」

とご婦人が口を開いた。

「オスですか？　うちのは五歳になるオスですけど」

「いえ、メスなんです」

「そうですか。道理で可愛いと思った。チワワちゃんのお名前は？」

「チーちゃんと呼んでいます。ちょっと単純ですね」

「うちのはチップっていうんですよ。普段はチミって呼んでますけど。あっ、申し遅れました。私、宇賀神と申します」

「榎本です」

「うちのチップは散歩にほとんど出ないので、お友だちがいないんですよ。もし宜しかったら、お友だちになって頂けませんか？　勿論、去勢手術をしてありますので、ご心配は要りません」

「うちのチーちゃんで宜しければ」

と話はスムーズに進み、翌日の午前十時に公園内でチップとチーちゃんを引き合わせることになった。この報告を久美子から聞いた大介は、

「まるでチップのお見合いだな、ハハ」

と笑った。

翌日の朝、午前十時少し前に久美子はチップに散歩用のリードを付けた。チップは、何か嫌だなぁ、といった仕草をしている。公園入り口までは、クルマが危ないのでチップを抱っこして行き、久美子が所定の場所で待っていると、間もなくチーちゃんを連れた榎本

さんが現れた。すると案の定、チップはその場に座り込んで固まってしまった。そして、ブルブルと震えている。久美子と榎本さんは、

「おはようございます。チーちゃんもおはよう」

「おはようございます。確か、お名前はチップちゃんでしたよね。おはよう。やっぱり可愛いですね」

などと挨拶を交わしたが、肝心のチップとチーちゃんが打ち解けなければ話にならない。久美子と榎本さんは、お互い自己紹介をしたり世間話をしたりしながら、少し気長に待つことにした。

しばらくチーちゃんは、固まったチップの周りを回りながら、しきりにチップの匂いを嗅いでいたが、その内、気が済んだのかチップから少し遠ざかる。そして、しばらくしてまた匂いを嗅ぎにくる。こうしたことが何回か繰り返される内に、チップにもチーちゃんが危害を加える怖い存在ではないと分かったのか、震えも収まりスっと立ち上がり、今度はチップがチーちゃんの匂いを嗅ぎ始めたのだ。久美子は、

「よかったぁ。何とかお友だちになれたみたいですね。本当に心配したんですよ」

と安堵の気持ちを素直に述べた。榎本さんも、

「よかったね、チーちゃん。同じチワワのお友だちが出来て」

と喜んでいる。

その内、チーちゃんは公園内の遊歩道をチョコチョコと歩き始め、リードを持った榎本さんもゆっくり歩き出した。チップもそれに釣られたかのように歩き始め、同じくリードを持った久美子が続く。チップは、チーちゃんを同じ仲間だと意識したのだろうか？　そのところはよく分からないが、チップが何かを感じたのは確かだろう。

そして、小一時間ほど過ぎたので、久美子と榎本さんは再会の約束をして別れた。自宅に戻った久美子から報告を聞いた大介は、

「よかった、よかった。チミ、よかったな」

と心底喜んだ。子供をお見合いに出す親の心境というのも、こういうものかなと思ったりした。ただし、チップにとっては、自宅に無事帰れたことのほうが嬉しいらしいが。

チップ万歳！

宇賀神大介は最近ついに還暦を迎えた。ただし、自分ではまだまだ若いつもりでいる。還暦の実感も湧かないし、別にお祝い事もしなかった。妻の久美子が大介とは歳が離れて

いるので、大介としては相対的に体力が落ちてきたなと実感することが増えたのはやむを得ない。また、自分の寿命は後どれくらいかなとも時々思う。十年か二十年か？ 父の英次のように長生きするのは結構だが、老いさらばえて醜態をさらすのだけはご免こうむりたいと大介は思っている。

よく犬の年齢を人間の年齢に当てはめることがあるけれども、それは少し違うだろうと大介は考える。犬は家族にとって、いつまで経っても子供だ。チップはもうすぐ六歳になり、人間に当てはめれば立派な壮年だが、宇賀神家にとってはまだあどけない子供なのだ。大介は、チップに後最低でも十年は生きてもらいたいと願っている。そして、チップが死ぬときは一体どういう様子だろうと想像する。というのは、以前大介の実家で飼っていたスピッツのリリーの死に様があまりにも立派だったからだ。

大介が大学四年のときである。ある日、夜中に大介が二階の勉強部屋兼寝室から小用のために一階に降りてゆくと、リリーがまだ起きていて、水を欲しがっているように見えたので茶碗に水を汲んで与えた。その顔は何か微笑んでいるようであった。おそらく自分の死期を悟ったのであろう。その後静かに廊下に横たわったに違いない。翌朝、大介が一階に降りてゆくと、母の雅子が、

「リっちゃん、死んじゃった」

としょんぼりしている。リリーの死骸はすでに段ボール箱に入れられて、仏壇の前に置いてあった。早くも蚤が沢山取り付いていた。大介が後から聞いた話によると、リリーは前の晩、一階の英次と雅子の枕元にも挨拶にきたそうである。何と立派な死に様なのかと大介は感心した。

ところで、チップは今日も元気に家の中を走り回っている。チーちゃんというお友だちは出来たものの、相変わらず外の世界をほとんど知らない。宇賀神家では、年に一、二回家族で旅行するが、そのたびごとに動物病院にチップを預けていた。一日の料金は三千円だから大したことはないが、一泊二日の旅行でも四日、二泊三日の旅行でも五日は預けなければならない。お坊ちゃんのチップには、それが可哀想だったのだ。大介は、犬をクルマに乗せて旅行している家族を見かけると、羨ましくて仕方がなかった。

そこで、大介は『ペットと一緒に泊まれる宿』という本を買ってきて、何とかチップを旅行に連れ出せないか考え始めた。多分、久美子は反対するだろう。ある日、大介は思い切って久美子に切り出した。

「チップを連れて旅行に行かないか?」

「えーっ、無理だよー」

「だからさ、そんなことといってたら……」

久美子はしばらく考えていたが、

「分かったよ。試しだよ。でも、結局チミさんの面倒を見るのは私なんだから」

としぶしぶ同意した。大介は、

「俺もなるべく面倒見るからさ」

と念を押した。そして、夏休みの平日に軽井沢へ一泊二日の予定で行くことに決めた。

彩乃も、

「チミが行くんなら、私も有休を取って一緒に行く」

という。

そして、その日がやってきた。大介のクルマは、スポーツカーにしては珍しく大人四人がゆったり乗れる。運転は大介と彬人が適当な地点で交代することにした。宿は久美子がインターネットで調べ、旧軽井沢からは少し離れるが、「ペット同伴可」というプチホテルを予約しておいた。出発に際して、クルマの後席には新しいビニールシートをかぶせた。勿論、それはクルマの中でチップが粗相しても大丈夫なようにだ。前席には大介と彬人が、そして後席にはチップを抱っこした久美子と彩乃が乗り込んだ。チップはこれからどうなるのだろうといった顔をしている。

平日の朝早く出たので、関越道と上信越自動車道は比較的すいていた。例によって、大

介はクルマを飛ばす。久美子は、

「そんなに飛ばさないでよ。チミさんも乗ってるんだから」

と注意する。途中のサービスエリアで運転を彬人に代わり、午前の早くには軽井沢に到着し、旧軽井沢銀座の裏手にある公共駐車場にクルマを停めた。チップにはリードを付けてクルマから降ろした。チップはどうも途中オシッコを我慢していたらしいので、大介が、

「チップ、オシッコをしていいんだよ。シーっ、シー」

というと、チップにはそれが分かったのかどうか知らないが、人気のない裏通りの道端でシャーっと大量にオシッコをした。

さすが、夏の旧軽井沢銀座はまだ朝だというのに、すでに観光客で賑わっていた。各店も活気付いている。旧軽井沢銀座の入り口までは何とか歩いたチップだったが、そこに足を踏み入れた途端、チップは案の定人の多さにびっくりして固まってしまった。仕方なく、しばらくはチップを久美子、彩乃、大介が交代で抱っこして歩き、様子を見ることになった。

周りを見ると、そこはやはり軽井沢だ。犬を連れて散策している人を結構見かける。大型犬もいれば、チップぐらいの小型犬もいる。いきなりチップを、しかも旅行先の人込みの中で歩かせるのは無理だったかなと大介は思った。

昼食は、これも事前にインターネットで調べた、「ペット同伴可」というレストランで摂った。

レストランではチップはおとなしくしていた。というより、やはり固まってしまった。軽井沢は土地がらからか、「ペット同伴可」のレストランが多いので助かった。このところ、「ペット同伴可」のレストランが各地で増えているが、これはとてもよいことである。チップには、別途持参したドッグフードを与えた。最初は何か躊躇しているようだったが、お腹が減っていたのか、結局食べ慣れたドッグフードを残さず食べた。

昼食後、再び旧軽井沢銀座を散策した。その途中、ソフトクリームを買って皆で食べ、チップにも地面に下ろしておすそ分けをしてあげた。アイスクリームはチップの大好物なので、チップはおいしそうにペロペロと食べた。すると、脇を通りがかった二人連れの若い女性観光客が、

「あっ、可愛い！」

「可愛い！」

といって近付いてきた。

「チワワですか？」

「ええ、そうです」

「何歳ですか?」

「五歳になります」

「お名前は?」

「チップっていうんですよ」

といった会話を久美子と二人の女性がしている内に、大介が気が付くと、などといいながら、数人の観光客がチップと大介らを取り囲んでいるではないか。大介は、チップが可愛いチワワで本当によかったと嬉しくなった。旅行に連れてきてよかったとも思った。そして、心の中でこう叫んだ。

「まぁ、可愛い」

「チップ、お前は人気者だな。チップ万歳!」

宇佐美洋一（うさみ・よういち）

1948年、東京都に生まれる。1971年、早稲田大学商学部卒業。1975年、早稲田大学大学院商学研究科博士課程中退。センチュリリサーチセンタ株式会社（現伊藤忠テクノソリューションズ株式会社）開発部研究員を経て、1982年、埼玉大学経済短期大学部助教授。1992年、埼玉大学経済学部助教授。1995年、同教授となり現在に至る。

ある大学教授と癒し犬チワワのチップ

二〇〇九年五月二九日　第一刷

著　者　宇《う》佐《さ》美《み》洋《よう》一《いち》

発行人　浜　正史

発行所　元《げん》就《しゅう》出版社

〒171-0022
東京都豊島区南池袋四－二〇－九
サンロードビル2F・B
電話　〇三－三九八六－七七三六
FAX　〇三－三九八七－二五八〇
振替　〇〇一二〇－三－三一〇七八

装幀　唯野信廣

印刷　中央精版印刷

ISBN978-4-86106-177-6 C0095